P9-BJY-070

Palabras que debemos aprender antes de leer

afortunado

deslizarse

enrolló

lentamente

lonchera

nerviosamente

orgullosamente

pecera

repentinamente

www.rourkeeducationalmedia.com

Edición: Luana K. Mitten
Ilustración: Sarah Conner
Composición y dirección de arte: Renee Brady
Traducción: Yanitzia Canetti
Adaptación, edición y producción de la versión en español de Cambridge BrickHouse, Inc.

Library of Congress Cataloging-in-Publication Data

Picard Robbins, Maureen
 ¡Una serpiente en tercer grado! / Maureen Picard Robbins.
    p. cm. -- (Little Birdie Books)
ISBN 978-1-61810-545-5 (soft cover - Spanish)
ISBN 978-1-63430-307-1 (hard cover - Spanish)
ISBN 978-1-62169-042-9 (e-Book - Spanish)
ISBN 978-1-61236-032-4 (soft cover - English)
ISBN 978-1-61741-828-0 (hard cover - English)
ISBN 978-1-61236-743-9 (e-Book - English)
Library of Congress Control Number: 2015944652

*Scan for Related Titles
and Teacher Resources*

Also Available as:

Rourke Educational Media
Printed in the United States of America,
North Mankato, Minnesota

Educational Media

rourkeeducationalmedia.com

customerservice@rourkeeducationalmedia.com • PO Box 643328 Vero Beach, Florida 32964

¡Una serpiente en tercer grado!

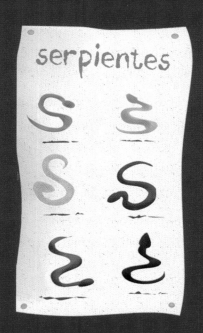

Maureen Picard Robins

ilustrado por Sarah Conner

La señora Benítez colocó a Rojiza, la nueva serpiente de la clase, en las manos de Lisa.

$1 \times 7 = 7$
$2 \times 7 = 14$
$3 \times 7 = 21$
$4 \times 7 = 28$
$5 \times 7 = 35$

$6 \times 7 = 4$
$7 \times 7 = $
$8 \times 7 = $
$9 \times 7 = $
$10 \times 7 = $

—¿Es resbalosa? —preguntó Juan.

—¡No! Es fría y seca —dijo Lisa—.
¿Quieres tocarla?

—Está bien —dijo Juan
nerviosamente.

5

—¿Estás asustado?
—le preguntó Héctor.
Rojiza enroscó su
cola alrededor del
brazo de Héctor.

—¡No, claro que no! Yo no soy un miedoso —dijo Juan. Pero no tocaba la serpiente.

A la mañana siguiente, Juan llegó bien temprano a la escuela. En vez de ir a la biblioteca o al patio de recreo, se metió en su oscuro salón de clases. Detrás de la pecera de Rojiza brillaba una luz.

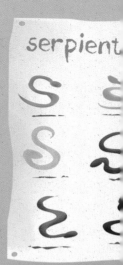

No podía creer lo afortunado que era. Podía tocar la serpiente sin que nadie lo estuviera mirando. Pero caramba... ¿dónde estaba Rojiza?

No podía ver a Rojiza.
¿Estaría escondida? ¿Habría
cambiado su rojo color por
uno verde para combinar
con las hojas y la rama
del árbol?

Lentamente, Juan levantó la tapa que la señora Benítez les había advertido que no tocaran. Rojiza no estaba por ningún lado. ¡Se había escapado!

11

$1 \times 7 = 7$

$6 \times 7 = 42$

2×7

$7 \times 7 = 49$

$\times 7 = 56$

$4 \times 7 =$

$9 \times 7 = 63$

$10 \times 7 = 70$

5×7

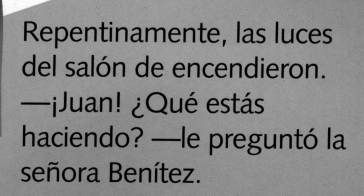

Repentinamente, las luces del salón de encendieron. —¡Juan! ¿Qué estás haciendo? —le preguntó la señora Benítez.

—Yo... yo... solo quería cargar a Rojiza —dijo Juan. Y se puso pálido. ¿Cómo decirle que Rojiza ya no estaba allí?

Los dos miraron dentro de la pecera y la
señora Benítez se dio cuenta del problema. No
estaba la serpiente. —¡Oh no! —dijo la señora
Benítez.

serpientes

En ese momento, el resto de la clase entró al salón.
—¡Cuidado! —gritó la señora Benítez—. ¡Rojiza se ha escapado!

5

Héctor buscó entre las cajas de libros de la biblioteca. Lisa miró entre las rendijas de los calefactores. —Juan, ¿por qué estás ahí parado —le preguntó ella.

—Intento hacer lo que hacen las serpientes y saboreo el aire —dijo Juan con la lengua afuera.

—¿Seguro que no le tienes miedo? —suspiró Lisa.

—¡Ya te dije que no! —Juan tragó en seco y ayudó a sus amigos a buscar a Rojiza.

17

La clase buscó a Rojiza hasta la hora de almuerzo, cuando la señora Benítez dijo: —Tenemos que almorzar. Estoy segura de que Rojiza volverá pronto.

18

Juan, Héctor y Liza se sentaron en sus escritorios y abrieron sus loncheras.

—¡Caramba! —exclamó Juan. ¡Rojiza estaba enroscada en su botella de agua!

Rojiza se deslizó por la botella de agua y se enrolló en el brazo de Juan.

20

—¡Tienes razón, no le tienes miedo!
—dijo Lisa con sorpresa.

Juan sonrió orgullosamente. Nadie
estaba más sorprendido que él.

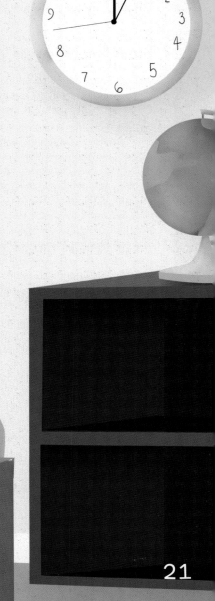

Actividades después de la lectura

El cuento y tú...

¿Alguna vez has cargado una serpiente?

Si es así, ¿qué se siente? Si no es así, ¿qué crees que se sentiría?

¿Qué tipo de mascota te gustaría tener en tu salón de clases?

Palabras que aprendiste...

Algunas de las siguientes palabras, terminan en –mente. Escribe estas palabras en una hoja de papel y luego vuélvelas a escribir sin esa terminación. ¿Cómo la terminación -mente cambia el significado de esas palabras?

afortunado	nerviosamente
deslizarse	orgullosamente
enrolló	pecera
lentamente	repentinamente
lonchera	

Podrías... escribir acerca de tu mascota favorita de la clase.

- ¿Qué tipo de mascota te gustaría tener en tu salón?

- ¿Qué nombre te gustaría ponerle a esa mascota?

- Haz una lista de las cosas que necesitará tu clase para cuidar de esa mascota.

- Si ya tienes una mascota en tu salón, escribe acerca de esta.

Acerca de la autora

Maureen Picard Robins escribe poesía y libros para niños y adultos. Ella es asistente del director en una escuela intermedia en la ciudad de Nueva York. Vive en uno de los barrios de la ciudad de Nueva York con su esposo y sus hijas.

Meet The Author!
www.meetREMauthors.com

Acerca de la ilustradora

Sarah Conner es una ilustradora que vive en Londres con su gato Berni. Cuando no está usando su tablilla de dibujo (¡o computadora!), disfruta dando caminatas por los hermosos parques de Londres, almorzando al aire libre, tejiendo y arreglando el jardín.